DU MÊME AUTEUR

Aux Éditions Gallimard

AU BONHEUR DES OGRES (« Folio », *n° 1972*).

LA FÉE CARABINE (« Folio », *n ° 2043*).

LA PETITE MARCHANDE DE PROSE (« Folio », *n° 2342*). Prix du Livre Inter 1990.

COMME UN ROMAN (« Folio », *n° 2724*).

MONSIEUR MALAUSSÈNE (« Folio », *n° 3000*).

MONSIEUR MALAUSSÈNE AU THÉÂTRE (« Folio », *n° 3121*).

MESSIEURS LES ENFANTS (« Folio », *n° 3277*).

DES CHRÉTIENS ET DES MAURES. Première édition en France en 1999 (« Folio », *n° 3134*).

LE SENS DE LA HOUPPELANDE. *Illustrations de Tardi* (Futuropolis/Gallimard).

LA DÉBAUCHE. *Bande dessinée illustrée par Tardi* (Futuropolis/Gallimard).

AUX FRUITS DE LA PASSION (« Folio », *n° 3434*).

LE DICTATEUR ET LE HAMAC.

Aux Éditions Gallimard Jeunesse

Dans la collection Folio Junior

KAMO L'AGENCE BABEL, *n° 800. Illustrations de Jean-Philippe Chabot.*

L'ÉVASION DE KAMO, *n° 801. Illustrations de Jean-Philippe Chabot.*

KAMO ET MOI, *n° 802. Illustrations de Jean-Philippe Chabot.*

KAMO L'IDÉE DU SIÈCLE, *n° 803. Illustrations de Jean-Philippe Chabot.*

Suite de la bibliographie en fin de volume

MERCI

DANIEL PENNAC

MERCI

nrf

GALLIMARD

Il a été tiré de l'édition originale
de cet ouvrage quarante exemplaires
sur vélin pur fil des papeteries Malmenayde
numérotés de 1 *à* 40

Pour Stefano Benni

1

Nous sommes au théâtre, lui sur la scène, nous dans la salle.

Quand le rideau s'ouvre, il apparaît, de dos, à contre-jour, face à une autre salle qui nous fait vis-à-vis et qui l'applaudit à tout rompre. On le voit, ombre chinoise découpée dans le halo éblouissant des projecteurs. Il remercie l'autre salle qui l'ovationne.

Il crie :

– Merci !

Il porte un smoking.

Une petite lampe rouge clignote au-dessus de sa tête, très haut.

Il s'époumone, pour couvrir l'enthousiasme du public :

– Merciiiii !

Il brandit des deux mains un trophée, qu'il secoue comme un shaker.

– Merci !

Redoublement des applaudissements. Redoublement de ses remerciements.

– Merci ! Merci !

Son ombre est irisée d'une lumière de plus en plus crue. La lampe rouge continue de clignoter. Vivats, sifflets, battements de pieds, ovation formidable. Et lui :

– Merci ! Merci ! Merci ! Merci !

Le trophée doit peser lourd ; il baisse

un bras et le niche au creux de son coude.

– Merci, vous êtes vraiment… Merci…

La tête penchée, la main levée, il attend que décroisse l'enthousiasme de la foule.

– Merci, je voudrais… Merci… Mer…

Sa main tente d'apaiser le vacarme.

– S'il vous plaît, je voudrais…

Il reste immobile, son bras levé, longtemps, jusqu'à ce que la petite lampe rouge cesse de clignoter. L'enthousiasme décroît et la lumière aussi.

– S'il vous…

Il paraît fatigué. Sa tête penche du côté

où pèse le trophée. Sa main levée semble prête à retomber.

– Merci…

La lumière baisse. Sa silhouette s'estompe jusqu'à se fondre dans le noir absolu, qui se fait en même temps que s'installe le silence.

Noir.

Silence.

On n'entend plus que quelques toussotements, des grincements de fauteuils, qui, peu à peu, deviennent nos propres toussotements, les grincements de nos propres fauteuils…

2

La lumière se rallume sur la scène.

Il est debout, face à nous, sous le feu croisé des projecteurs. Il est, au sens propre du mot, éblouissant.

Son bras retombe mollement. Il hoche la tête avec un sourire à la fois heureux et las. Une dernière fois, il dit :

– Merci.

On dirait qu'il échange un regard avec chacun d'entre nous.

– Vous êtes vraiment… Vraiment, vous êtes…

Sa main libre fait un geste d'impuissance heureuse. Il hoche affectueusement la tête. L'intensité des projecteurs baisse. Peu à peu la lumière se fait chaude, presque intime.

– Je ne sais pas comment vous…

Il regarde le trophée, dans la niche de son bras. Il nous le montre une dernière fois, mais en le soulevant à peine. Puis, il tourne la tête vers sa droite.

– S'il vous plaît, quelqu'un pourrait me le…

Il tend le trophée dont on le débarrasse.

– Merci.

Il suit des yeux la personne qui s'éloigne.
Il revient à nous.
Il sourit.

– Le poids de l'honneur…

D'une discrète mimique il laisse entendre que la chose, en effet, pesait un bon poids.

– D'autant plus que je vais avoir besoin de mes deux mains, à présent.

Il glisse la main droite dans l'échancrure de son smoking.

– Eh oui, évidemment, je vais vous lire un petit…

Il interrompt son geste.

– Bien entendu, si vous m'aviez récompensé du temps de ma… mémoire vive… je n'aurais pas été obligé d'écrire mon… Je vous aurais servi un remerciement spontané, garanti oral, cent pour cent instinct*uel*! Mais ça… forcément…

aujourd'hui… Comme vous pouvez en juger par vous-mêmes…

Il se désigne comme une vieille chose. Le fait est qu'il n'est pas né de la dernière couvée. Quel âge peut-il avoir ?

Il pouffe :

– D'un autre côté vous n'auriez pas pu me récompenser du temps de ma jeunesse pour « l'ensemble de mon œuvre » !

Il y réfléchit une seconde, puis murmure :

– Encore que, pourquoi non ? Avec un peu de perspicacité…

Il marmonne, en fouillant l'intérieur de son smoking :

– Bon alors, où ai-je fichu ce…

Une deuxième fois, il ressort sa main,

frappé par une idée apparemment inattendue :

– C'est complexe, vous savez, la question des honneurs. L'honneur honore, ce n'est pas douteux, mais… l'important est ailleurs. L'important, c'est le nombre de personnes à qui ça fait plaisir ! En dehors de l'honoré lui-même, je veux dire…

Un temps.

– Les décorations, par exemple…

Il nous interroge :

– Combien, parmi vous, sont pressentis pour être décorés, cette année ?

Il joue quelques secondes avec notre silence :

– Hmm ? Entre nous…

Il hoche la tête, compréhensif :

– Eh oui, la honte d'être honoré, je sais, oui…

Il pose sur nous un regard compatissant :

– C'est vous dire ce que vous ressentiriez si vous étiez ici, à ma place, en ce moment !

Un temps.

– Eh bien vous avez tort !

Et voilà qu'il se lance dans une démonstration. Il s'enthousiasme lui-même au fil de son raisonnement :

– Il faut accepter les décorations, les honneurs, les lauriers, les hommages, les couronnes, les récompenses, toutes, de la plus modeste à la plus prestigieuse ! Il faut se laisser décorer comme un sapin de

Noël. Faut qu'ça tinte et faut que ça brille !

Il prend un spectateur des premiers rangs à témoin :

– Acceptez-la, monsieur, cette décoration, bon Dieu, acceptez-la ! Vous ferez plaisir à tout le monde, à celui qui vous la propose, d'abord : le ministre qui vous a repéré dans la grisaille du troupeau, heureux, le ministre, il a fait son boulot de découvreur, il a enrichi le patrimoine humain de la République ! À celui qui va vous l'épingler, ensuite, cette médaille, fier de vous accueillir au club, content d'être votre aîné dans le grade, s'honorant de vous honorer. Aux gens qui vous aiment, bien entendu : mari, femme, enfants, amis, cette joie que vous leur faites ! Vos parents surtout ! Le nom de votre vieux père inscrit au registre de l'honneur national ! Et à vos ennemis, donc ! Ce seront les plus heureux de tous, vos ennemis, surtout les intimes !

Précision :

– Je les entends d'ici : « Je vous avais bien dit qu'il en croque ! », « Tout petit déjà, il collectionnait les bons points, ce con ! », « Un vrai lèche-cul ! » La joie, dans l'âme de vos ennemis ! « Dieu sait qu'il n'a pas inventé la poudre, pourtant… », « C'est bien pour ça qu'on le décore ! », « Et puis il a toujours eu un sens inné de l'ascenseur… », « Ouais, les… »

Il mime une nausée :

– … « *renvois* d'ascenseur ! » L'ambiance de ces dîners, grâce à vous ! « Quand je pense à ses airs de modestie… tu l'as entendu son discours de remerciement ? T'as vu sa gueule à la télé ? », « Le faux derche total ! »

Enchanté :

– Peut-être même serez-vous à l'origine de deux ou trois réconciliations, la source d'une rencontre amoureuse, qui sait ?

Il nous interroge du regard.

– Franchement… Franchement, citez-moi une seule circonstance de votre vie où vous puissiez rendre tout le monde aussi heureux, faire à ce point l'unanimité des cœurs. Une seule !

Une pause :

– Vous voyez… aucune.

Revenant au spectateur qu'il a choisi :

– Vous n'avez pas le droit de refuser cette décoration, monsieur.

Encourageant :

– La question de vos mérites est très secondaire…

Il se reprend :

– Encore que, non, pardon, réflexion faite, non, la question de vos mérites ne peut pas être traitée par-dessus la jambe… Parce qu'il y a mérites et mérites… Ce ne sont pas de vos mérites… réels… qu'il s'agit, ici… Ceux-là, ils vous sont naturels… vous ne souhaitez pas plus que ça les voir publiquement reconnus… Peut-être même n'en avez-vous pas une exacte conscience… Non, ce sont les autres qui comptent, vos mérites *imaginaires*, ceux que vous vous attribuez, en toute conscience et hors de toute réalité, c'est ceux-là qu'il faut récompenser. Et vite ! Urgence ! Sinon, qui sait ce qui peut arriver ?

Il cherche un exemple.

– Prenez Hitler…

Il attend qu'on ait « pris » Hitler.

– Peintre médiocre, néanmoins convaincu de son génie pictural, architecte tout juste bon à entasser les trois cubes de son enfance, mais hautement conscient de ses mérites dans ce domaine… Il fallait le primer ! Tout de suite ! Dès ses premières tâches d'aquarelles, pour l'ensemble de son œuvre ! Peinture, architecture, tout ! Et que ça se sache ! Une récompense planétaire ! Le podium universel, la mise sur orbite ! Ça nous aurait épargné… 42 millions de morts ! Ce n'est pas tout à fait… négligeable… comme économie.

Un temps :

– Et que je sache…

Il regarde pesamment sur sa droite, où doit se tenir le jury qui vient de le primer.

– Aucun membre d'aucun jury ne s'est trouvé assigné au tribunal de l'Histoire !

À nous, sans lâcher le jury des yeux :

– Qui sait ce dont j'aurais été capable, moi, s'ils ne m'avaient pas…

Il esquisse le geste de montrer son trophée.

3

Il quitte lentement le jury des yeux et glisse sa main dans son smoking.

– Bien. Maintenant, que je vous lise mon…

Il suspend son geste.
Il pose sur nous un œil coupable.

– Savez-vous ce que j'ai fait ?

Un temps :

– Le jour où j'ai appris qu'ils allaient me primer pour l'ensemble de mon… Vous savez ce que j'ai fait ?

Il a un petit rire de honte.

– J'ai couru les remises de prix.

Il fait un oui gêné de la tête.

– Pour écouter les remerciements ! C'est que je n'ai pas l'habitude, moi. Toutes ces décennies passées à créer dans la solitude, le silence, l'indifférence générale, me semblait-il, et tout à coup cette récompense globale, si prestigieuse, je n'ai pas eu l'occasion de m'entraîner… Alors, je suis allé me documenter. J'ai fait une quinzaine de festivals. J'ai vu remettre des Palmes, des Césars, des Oscars, des Ours, des Lions, une kyrielle d'horr… d'honneurs en or, créés par des artistes qui ont peut-être été, ou seront peut-être un jour primés pour l'ensemble de leur œuvre ! J'ai assisté à des biennales aussi, à des prix littéraires – pas à tous, ils sont plus nombreux que nos fromages ! –, à des remises de décoration, bien sûr, à toutes sortes d'intronisations… J'ai beaucoup applaudi. J'ai beaucoup écouté, observé, beaucoup… J'ai pris des notes. Et j'en ai conclu que le remerciement est *un genre à part entière.*

Un temps.
Pédagogue :

– Comme tous les genres, le remerciement obéit à des lois. C'est un genre *centrifuge,* au sens ondulatoire du terme. Comme un caillou qu'on lance dans une mare, le remerciement fait des cercles… centrifuges, de plus en plus… larges… de plus en plus éloignés du centre.

Il souligne sa démonstration avec les mains.

– Le lauréat remercie d'abord le premier cercle : les notables, les importants, le jury, sans qui la récompense ne lui aurait pas été attribuée ; puis le deuxième cercle : le public, vous en l'occurrence, qui êtes ici à vous réjouir pour moi, ce soir, et c'est très gentil à vous, vraiment, je vous en remercie, ça me… puis le troisième cercle : l'« équipe », sans laquelle son œuvre ne serait pas ce qu'elle est : « Je tiens surtout à remercier mon équipe… », « tous ceux qui… », « tous ceux grâce à qui mon… », « tous ceux sans qui je n'aurais pas pu… », « Je leur offre ce… »

Il brandit un invisible trophée.

– Il est rarissime qu'un lauréat ne remercie pas son équipe.

Une petite parenthèse :

– Ce qui nous change beaucoup des ministres. Un ministre ne parle jamais au nom de son équipe : « Depuis que *je* suis entré aux Finances – à l'Intérieur, à la Justice, à l'Éducation, à la Culture –, *j'*ai fait en sorte que… *je me* suis battu pour… *j'*ai également demandé à *mes* services de *me*… Et dès que *j'*ai su que… *J'*ai pris la décision qui s'imposait. »

Un temps.

– Un ministre n'attend jamais qu'on le félicite ; il se félicite lui-même. Grammaticalement parlant, le verbe féliciter utilisé au sens pronominal direct : *se féliciter* – et à la seule première personne du singulier ! – est exclusivement ministériel. « Et je m'en félicite ! »

Il s'aperçoit qu'il dérive :

– Excusez-moi.

Revenant à ses moutons :

– Toujours dans le même ordre, donc, les remerciements : jury, public, équipe… quelquefois jury, équipe, public… mais toujours ce tiercé de tête… Puis viennent les cercles suivants, jusqu'à la plus lointaine périphérie, si le temps qui est imparti au lauréat le lui permet… ce qui n'arrive jamais.

Il reprend, méditatif :

– Un genre centrifuge… oui…

Ébauche du geste.
Pensif :

– C'est très étrange, quand on y songe… Parce que les cercles les plus proches sont, en la circonstance, constitués par les gens qui nous sont le *moins* proches.

Il laisse à cette information le temps de nous imprégner.

– Prenez mon cas… Les membres du jury…

Il regarde à sa droite, avec une certaine insistance.

– Je n'en connais aucun. Enfin, personnellement, aucun. Si, si, je vous jure, c'est un prix honnête… Il l'est devenu.

Nouveau coup d'œil au jury.

– De réputation, oui, bien sûr, un ou deux… Ils ont atteint à la notoriété avant moi… Mais intimement, aucun. Je n'en ai jamais vu un seul en tête à tête. Pas même de dos, dans un ascenseur…

Sur le ton de la constatation :

– On me récompense pour l'ensemble de mon œuvre… autant dire pour l'essence de moi-même, pour ma vie, pour mon être, et mes premiers remerciements vont à de parfaits inconnus ! Des gens qui ne me sont rien.

Historique :

– Des gens qui distribuent leur prix tous les ans… qui tous les ans, les pauvres, se creusent la cervelle : « À qui pourrait-on bien, cette année, donner notre prix, maintenant que les copains sont servis ? Voyons voir… » Les années passent – nombreuses les années, car nombreux étaient les copains –, par conséquent elles passent pour moi aussi, toutes ces années de travail solitaire, incognito… Et finalement, voilà que je me retrouve primé, in extremis, pour « l'ensemble de mon œuvre », par de parfaits inconnus… que je remercie *en priorité*! Le premier cercle ! Le cercle le plus…

Il fait un nid chaleureux avec ses mains.

Ému, tout à coup, presque enfantin :

– Il y a tout de même des gens qui nous

sont plus... chers... Non ? Ça a quelque chose d'un peu... injuste...

Son regard cherche notre approbation.
Il l'obtient, par-ci, par-là.
Alors seulement il revient à son sujet :

– Puis, vient le deuxième cercle : vous, donc, ici, ce soir...

Il nous désigne tous.
Il scrute la salle en plissant les yeux.
Il lève la tête vers la cabine de la régie. Il demande :

– Pourriez-vous donner un peu de lumière ? S'il vous plaît...

La lumière s'allume dans la salle.

– Merci.

Il nous passe en revue tous autant que nous sommes.

– C'est bien ce que je craignais… Là non plus, je ne connais personne…

Il cherche encore, il fait non de la tête.

– Vous ne me connaissez pas davantage, notez, mais vous me *re*connaissez. Avec le battage autour du prix, la télévision, les magazines, ce brusque passage de l'obscurité à la lumière, les invitations que vous avez reçues…

Sourire de félicitation :

– C'est un honneur qu'ils vous ont fait à vous aussi, ces invitations, une distinction qui vous échoit !

Son regard continue de parcourir nos rangs pendant que la lumière décroît lentement dans la salle…

– Toujours est-il que moi, je me sens bien seul dans cette soirée, je ne connais vraiment personne…

Il avise une dame :

– Madame, je vous connais ?

Dénégation embarrassée de la dame.

– Vous voyez… Même madame, je ne la connais pas.

Un temps. Intuition subite. À nous tous :

– Vous étiez là, l'année dernière ? Pour mon prédécesseur, vous étiez là ? C'était comment ? C'était aussi…

Geste fastueux.

– Non, je vous pose la question parce que l'année dernière, moi, je n'y étais pas. Je n'avais pas reçu d'invitation. C'est la toute première fois que je…

Il fronce les sourcils :

– Qui était-ce d'ailleurs, l'année dernière, à ma place, ici ?

Pas de réponse.
Soudain, il demande, d'une voix forte :

– Quelqu'un dans l'assistance est-il originaire de Cholonge-sur-Soulte ?

Il répète :

– Cholonge-sur-Soulte. Non, Soulte, ici, ce n'est pas le maréchal d'Empire, ça s'écrit avec un *e*, comme *la* soulte, mais ce n'est pas ça non plus, ce n'est pas une question d'argent, c'est une rivière. C'est mon village natal, ma rivière d'enfance. Personne n'est originaire de Cholonge-sur-Soulte ? Même lointainement ? Un arrière-grand-oncle natif de Cholonge, non… ?

Il réprime un assaut d'émotion :

– Et moi qui viens de vous remercier avec chaleur, comme si vous étiez...

Il tente un sourire :

– D'ailleurs, non, je ne vous ai pas encore remerciés.

Il lève un index prometteur :

– Je ne vous ai pas lu mon...

Il fouille de nouveau sa poche intérieure mais interrompt une nouvelle fois son geste :

– En tout cas, je n'ai aucune équipe à remercier, moi ; je n'ai pas d'équipe. Pas de troisième cercle. En matière de création il faut que je fasse tout moi-même, je ne peux absolument rien déléguer, je suis beaucoup trop... maniaque, diraient certains… Perfectionniste, je préfère. Concentré ; en un mot : sérieux. Un artisan sur son établi. Mon œuvre, c'est mon œuvre, point final. Je pourrais à la rigueur remercier l'équipe innombrable de ceux qui m'ont fichu la paix pendant que j'y travaillais… Ça, oui. Toute ma gratitude !

Il réfléchit :

– Et puis, tout compte fait…

De la réflexion il passe à la suspicion.

– Tout compte fait, je ne suis pas certain que les lauréats *équipés* la remercient vraiment, leur équipe. Je ne les trouve jamais… convaincants, dans cette partie de la cérémonie. D'ailleurs, jusqu'à quel point la remercient-ils ? Jusqu'au point de partager les bénéfices ? *Je remercie d'abord mon équipe avec laquelle je vais partager mon chèque.* Jamais. Ça, jamais. Enfin, moi, je n'ai jamais rencontré ce cas de figure.

Il nous interroge des yeux, comme s'il nous demandait : « Et vous ? » Il tâte son smoking. Il y cherche son remerciement. Évidemment, une nouvelle préoccupation le retient. Il fait « non » de la tête… Soucieux :

– Il y a autre chose… à propos du remerciement… en tant que genre.

Un temps.

– Si on y réfléchit bien…

Il a tout l'air de « bien y réfléchir » :

– Si on y réfléchit bien, le remerciement est un genre redondant…

Un temps :

– En tout cas, le remerciement du lauréat après l'attribution d'un prix… Ce n'est pas comme une porte qu'on vous tient. Là, le remerciement va de soi.

Pantomime : Il passe par une porte fictive que quelqu'un est censé lui tenir, il passe, il remercie :

– Merci ! Simple question de civilité : l'un tient la porte, l'autre remercie. Celui qui passe exprime sa gratitude à celui qui a la courtoisie de tenir la… Même si l'autre la tient pour le seul plaisir d'être remercié. Ça arrive. C'est fréquent, même. Les matins d'hiver, surtout, à la sortie des stations de métro, dans ces courants d'air si déprimants, ils vous tiennent obligeamment la porte, vous êtes encore très loin d'eux, ils vous forcent à courir, on arrive : « Merci. – C'est rien ! – Si, si, merci, c'est gentil à vous, merci »… On est complètement essoufflé, on remercie quand même, on les remercie, ça leur fait chaud au cœur et on s'est réchauffé en courant, c'est un échange de bons procédés.

Sa gaieté tombe d'un coup :

– La remise d'un prix ce n'est pas ça du tout.

Explicite :

– Le prix remis constitue lui-même un remerciement.

Très patiemment :

– Me primer pour l'ensemble de mon œuvre, c'est me remercier de l'avoir produite. Merci pour tout, en quelque sorte. Et ils me remettent ce…

Il ébauche le geste d'accepter le trophée. Il envoie un coup d'œil suspicieux au jury :

– Qu'est-ce qu'ils attendent de moi, au juste ? Que je les remercie de m'avoir remercié ?... Jusqu'où ça va nous mener tout ça ?

Certains d'entre nous prennent son parti en souriant. C'est à ceux-là qu'il s'adresse, à présent :

– Et vous ? De quoi dois-je vous remercier, au juste ?

Il semble avoir un doute.

– D'être venus, vous aussi, me dire merci ?

Inquiet, tout à coup :

– C'est bien la raison de votre présence ici, j'espère ? La... gratitude. Non ?

Embarras dans nos rangs.

– Ne me dites pas que vous êtes venus

uniquement parce qu'ils vous ont envoyé ces invitations ? Vous n'êtes pas venus *les voir me remercier*, tout de même ? Ça n'aurait pas le moindre intérêt !

L'embarras se prolonge.

Il parle comme s'il avait à se rassurer lui-même :

– Non, non, j'ose espérer qu'en vous donnant la peine de vous déplacer vous êtes venus de vous-mêmes m'exprimer votre reconnaissance pour « l'ensemble de mon œuvre »… Œuvre que vous suivez depuis ses premiers pas, qui, tout au long de ces années, vous a rendus plus…

Geste aérien d'élévation spirituelle.

– Moins…

Ses mains font deux œillères qui bornent son regard.

– Mais aussi plus…

Geste de solide enracinement.

– C'est si complexe ce qu'on doit à une œuvre digne de ce nom ! Ça nous…

Il se prend ardemment le front entre les doigts de la réflexion.

– Tout en nous…

Il gonfle un thorax heureux.

– On se demande qui peut bien être cet homme qui nous libère si facilement de toutes les…

Une grimace et un geste collant évoquent de poisseuses contingences.

– Et, si un tel individu est vivant, bien entendu, si on a l'occasion de le rencontrer, de le voir sur une scène, en chair et en os, de lui exprimer un peu de notre reconnaissance, on y va, on y va, la gratitude l'emportant même sur la curiosité…

Un long temps, où il semble vraiment jouir de notre présence.

Puis :

– Oui, mais mon rôle, dans tout ça ? Vous remercier d'être venus me remercier ?

Il hoche une tête navrée.

– C'est ce qui fait du remerciement un genre très, très, très, très *mineur*, entièrement basé sur le principe de redondance, voué à la tautologie, à l'interminable répétition du même. Incroyablement *limité*, comme genre.

Il énonce, comme un théorème :

– *Toute œuvre qui ressemblerait au speech*

débité par son auteur pendant la remise d'un prix serait indigne d'être primée.

Il laisse aux plus lents d'entre nous le temps d'enregistrer :

– Voulez-vous que je répète ?

On sent bien qu'il le répétera si nous le souhaitons. Il est même fichu de nous le faire répéter en chœur. Mais si nous ne mordons pas à l'hameçon, il passera à la suite.

– Non, plus j'y pense, plus ces remerciements au jury, à l'équipe, au public me paraissent… une façon de parler. Une espèce de détour obligatoire pour ne pas avoir à se remercier officiellement soi-même. Il est absolument impossible de se remercier soi-même quand on n'est pas ministre. Quelqu'un qui, n'étant pas ministre, dirait : « Je me remercie… » passerait pour… Pour quoi, au fait ? Un provocateur ? Ce ne serait même pas drôle… Et puis, j'en ai vu des provocateurs ! J'en ai vu s'en prendre au jury, injurier le public, régler des comptes sanglants avec l'équipe justement, arriver tout nus sur scène, ou parfaitement ivres, utiliser le trophée à des fins… clairement détournées… venir en personne faire savoir qu'ils refusaient le prix…

Ici, il ouvre une rapide parenthèse :

– Soit dit en passant, l'espoir de ces débordements constitue une des raisons non négligeables de la fidélité du public à ce genre de cérémonies. Non ?

Il insiste :

– Non ? Vous n'espérez pas vaguement que je…

Brusque geste de folie.

– Me voir me…

Il se disloque davantage.

– Non ? Vraiment ?

4

Il attend un peu, l'œil interrogateur, avant de replonger la main dans la poche de son smoking, avec un sourire d'excuse.

– Avec tout ça, je ne vous ai toujours pas lu mon…

Nouvelle suspension de son geste, la main toujours dans sa poche. Il lève un sourcil. Œil malin.

– Ts, ts… Je sais ce que vous êtes en train de vous dire.

Rectification :

– Enfin, je sais ce que certains d'entre vous pensent en cette seconde précise. Vous vous dites : « Il n'y a pas de remerciement écrit dans cette poche. » Vous vous dites : « Il n'y a rien du tout dans cette poche... Il n'y a peut-être même pas de poche intérieure dans ce smoking. La main qu'il y plonge et en ressort à intervalle plus ou moins régulier, c'est un truc. Il va une fois de plus la ressortir vide pour nous embarquer dans une nouvelle direction... Il n'a pas écrit de remerciement. D'ailleurs, il n'en a pas besoin, ça fait maintenant une demi-heure qu'il parle sans papier. Il a peut-être écrit tout ce qu'il vient de nous dire, oui, écrit et appris par cœur, mais de remerciement à proprement parler, de remerciement pour le prix qu'on vient de lui décerner, il n'y en a pas. Ma main au feu ! »

Il ressort sa main, découragé.

– Vous avez raison. Je n'ai pas écrit

de… remerciement. C'était une espèce de gag.

Il refait le geste deux ou trois fois en s'imitant lui-même :

– « Je vous ai préparé un petit… », « Bien, maintenant que je vous lise mon… », « Bon, avec tout ça, je ne vous ai pas encore lu mon… »

Silence.

– Mon *unique* gag, à vrai dire.

Désemparé :

– Vous imaginez qu'il y a tellement de gestes à faire, dans ma situation ? Vous avez vu…

Il désigne la scène autour de lui.

– Ce… vide ?

Il tourne en rond, visiblement perturbé. Il lance un regard furibond au jury. Il revient soudain à nous.

– Non, je n'ai pas rédigé de remerciement ! Je ne m'abaisserai pas à faire dans la redondance ! Oui, j'ai peut-être écrit et appris tout ce qui précède ! Et alors ? J'ai fait beaucoup plus, je vous l'ai dit ! Je me suis farci toutes les remises de récompenses possibles ! Vous n'imaginez pas comme c'est pauvre en… *gestuelle* !

Il désigne le jury. Indignation progressive. Sa voix enfle.

– Pour eux aussi, c'est difficile, la remise d'un prix ! Quel que soit le prix… Ils n'ont pas énormément de choix, question mise en scène ! Ou c'est la componction ancestrale de l'annonce officielle dans la forêt des micros qui se tendent, à la sortie du célèbre restaurant : « Le prix Machin deux mille et quelques a été remis à M. Untel au soixante-quinzième tour des délibérations par deux voix contre une… » Ça ne laisse pas beaucoup de place à… l'épanouissement du corps !

Il est, inexplicablement, dans un état de fureur extrême.

– À moins qu'ils ne vous servent le faux suspens de l'enveloppe ouverte à l'ultime seconde par la star de service sur la scène gigantesque : Convergence des projecteurs, orgie de paillettes, battements de cils et de tambours, atermoiements indéfiniment étirés : « Et le gagnant est… », l'index pris dans l'enveloppe à ouvrir, bien sûr…

Geste : son index coincé dans une enveloppe fictive.

– « Le gagnant est… », « *The winner is…* »,

«*Der Gewinner ist...*», «*El ganador es...*», «*Il vincitore è...*»

Hors de lui :

– Mais oui, dans toutes les langues ! J'ai vérifié, croyez-moi, ce genre d'insanité fait son trou dans toutes les langues !

Il hurle :

– ET LE GAGNANT EST...

Il brandit le résultat fictif arraché à l'enveloppe fictive, sa voix retombe d'un seul coup :

– Moi.

Son bras s'abat lourdement, son corps s'affaisse un peu, il paraît atterré... Puis, il s'ébroue comme s'il se réveillait. Il reprend conscience de notre présence.

– Excusez-moi.

Quelques secondes encore, et il débite ce qui suit sur un ton monocorde :

– Les solutions ne sont pas beaucoup plus variées pour le lauréat. Il peut exploser de joie en bondissant de son fauteuil, hurler sa victoire, les deux poings brandis, à la face de la postérité : « Ouaiaiaiaiaiaiais, c'est moi ! C'est mouaaaaah ! » Il peut immédiatement présenter ses excuses au concurrent malheureux le plus proche, en chuchotant : « C'est moi, ben oui, mon pauvre vieux, ma pauvre vieille, c'est moi, qu'est-ce que tu veux que je te dise, la prochaine fois ce sera toi, encore heureux que ce ne soit pas ce tocard de… tiens, regarde la tête qu'il fait, ça te consolera un peu… » Il peut feindre l'étonnement le plus complet en jetant autour de lui des regards ahuris : « Comment ? Moi ? Si je m'y attendais ! Parmi tant de talents *z'en lice*... Non, c'est une blague ? Vraiment ? Quelle surprise ! »

Il lève les yeux au ciel.

– Surprise, mon œil ! En tout cas, moi...

Coup de tête vers le jury.

– Moi, ils m'ont prévenu ! C'était même la condition sine qua non de la remise du prix : il fallait que je vienne le recevoir en main propre. Sinon, je serais resté chez moi, vous pensez bien. Un chèque, ça se poste ! Mais non, présence obligatoire... Faute de quoi on le refilait à un autre, le prix. Donc le chèque. C'est pour ça que je me suis entraîné... que j'ai couru toutes les cérémonies de...

Un temps.

– Eh bien, croyez-moi, il y a très peu d'options chorégraphiques, pour le lauréat : Ou il pénètre côté jardin en glissant comme un paquebot de luxe les bras grands ouverts à celui qui va le primer, comme s'il le connaissait depuis toujours… Ou il apparaît timidement côté cour, ne sachant trop quelle attitude adopter… Ou il bondit sur scène, quatre à quatre, éternel jouvenceau (option que, personnellement, j'ai retenue), se saisit du trophée comme d'un étendard et salue directement le public qui l'ovationne, en pensant : « Pourvu que la régie n'éteigne pas trop tôt la loupiote rouge de l'applaudissement obligatoire, c'est toujours ça de passé », et il secoue son trophée comme un shaker…

Il mime le geste.

– Ce qui, par parenthèse, est un geste emprunté à l'univers du sport… à cause du… champagne… les cyclistes… les coureurs automobiles…

Il fait le geste de nous arroser avec une bouteille.

– Ce genre de…

Il cherche le mot juste.

– …poésie.

Revenant à son énumération :

– Ou il gravit les marches avec une dignité de statue, pose sur le pupitre dressé à cet effet l'offrande de son discours, chausse ses lunettes, et vous sert le fameux remerciement…

Un temps.

Puis, il prend une brusque décision.

– Bon, vous y tenez vraiment, à ce remerciement officiel ?

Il n'attend évidemment pas notre réponse :

– « Monsieur le ministre, Monsieur le Président perpétuel, Mesdames et Messieurs du jury, Monsieur le banquier, que je me garderais bien d'oublier… mesdames, mesdemoiselles, messieurs, chers amis… »

Il marche de long en large et, comme s'il nous dictait une recette de cuisine :

– Après les salutations d'usage, plongez tout de suite dans la marmite aux références. On cite, on cite : Leonardo da Vinci, Hugo, Fellini, Mozart, Heidegger, Mallarmé, Shakespeare, Le Corbusier, Renoir père et fils, Mick Jagger et Pauline Carton, Django Reinhardt et les précolombiens… Et on touille la soupe, s'il vous plaît, on disserte sur ce qu'on doit aux uns et aux autres, ce terreau si riche et si varié où plongent nos racines, on rend grâce à ce qu'on a vu, lu, entendu depuis tout petit-petit, sans oublier ce qu'on doit à nos contemporains, bien entendu, histoire de montrer qu'on a l'esprit large, la reconnaissance ouverte : citer Untel… « toute mon admiration »… et Tel autre… « à qui je dois tant »… Ce genre de…

Brusque interruption.

– Non… pas moi… Ah ! non, pitié… Il ne faut tout de même pas… On veut bien être primé, mais on a sa…

Il nous regarde, désarmé.

– Quand on songe à la nécessaire solitude… Les si longues plages du doute… Et ces moments de bonheur tellement gratuits…

Sourire rêveur.

– Ô le bonheur des petits matins quand l'idée vous fait jaillir du lit… Parce que ce n'est pas le coq qui vous réveille, ni le passage des poubelles… Ce n'est pas non plus la perspective du prix ou l'ambition de laisser une trace… C'est l'urgence de ce petit coup de burin auquel vous songiez en vous endormant… cette touche d'ocre rouge dans le coin droit de votre toile, là-haut… Voilà ce qui vous fait sauter du lit ! Le son entêtant d'une note qui promet l'harmonie… ce petit rien de plume, une virgule peut-être, une simple virgule… une nuance essentielle… le minuscule de l'œuvre… trois fois rien… juste la nécessité… Dieu de Dieu, la beauté de ces aubes nécessaires, dans la maison qui dort…

Il sourit un long moment, puis revient brutalement au remerciement officiel :

– Ah ! J'allais oublier : causer « rayonnement » aussi ! Tartiner à tout-va sur le « rayonnement », la place que nous nous devons de tenir dans le rayonnement culturel de notre pays, de notre art, de nos valeurs… « Et si ma *modeste* contribution pouvait… » Oui, une rapide allusion à la modestie du lauréat est toujours bienvenue, se poser en personnage tellement ordinaire qu'on en devient discrètement exceptionnel : « Si par ma modeste contribution j'ai pu tant soit peu aider au rayonnement de… », et se glisser en douceur dans le camp des irréprochables, ceux à qui on ne peut absolument pas imputer le monde tel qu'il va : « Depuis le temps que je me bats contre… », « une existence entière vouée à… », mais pourtant déclarer qu'on l'aime le monde, qu'on l'aime l'humanité, qu'on les aime les…

Profondément abattu :

– Non… même enfant, pour la fête des mères, ce genre de… je ne pouvais pas.

Au bord des larmes :

– Ce n'est pas que je ne l'aimais pas, maman... Ce n'est pas que je ne vous aime pas... ce n'est pas faute d'amour... mais... Ah ! non, le coup du remerciement calibré à maman, en louchant sur le dessin des petits camarades... parce qu'on ne peut pas s'empêcher de pomper sur le dessin du copain...

Soudain découragé :

– Tout ça est d'une pauvreté... affligeante.

Un temps :

– Dégradante.

Épuisé :

– Et vous venez me reprocher mon...

Il refait le geste de plonger sa main dans son smoking.

À la surprise générale, il en sort une dizaine de feuillets dactylographiés.

5

Constatant notre stupéfaction, il explique, agacé :

– Mais non, ce n'est pas un remerciement… C'est le règlement du prix.

Il feuillette le règlement.

– Il faut que je vérifie quelque ch… Ah ! voilà !

Il fronce les sourcils en lisant.

– C'est bien ce que je craignais. Une heure et quart. C'est écrit noir sur blanc : La prestation du lauréat durera entre 75 et 90 minutes.

Conciliant :

– Bon, disons soixante-quinze.

Il regarde sa montre et se replonge dans la lecture du règlement.

– « En contrepartie... »

Il lève un œil.

– Oui, il y a une contrepartie.

Il lit :

– « En contrepartie de la somme forfaitaire qui lui est attribuée, le lauréat s'engage à se produire devant le public de ses admirateurs dans les 23 villes suivantes : Chartres, Melun, Beauvais, Rennes, Nantes, Châteauroux, Tours, Auxerre,

Montbéliard, Bar-le-Duc, Clermont-Ferrand... »

Il saute des lignes.

– « Sa prestation devra revêtir tous les caractères de la spontanéité... »

Il hoche la tête.

– Quel style !...

Une feuille d'un autre format s'échappe et tombe à ses pieds.

– Zut !

Il la ramasse.

– La note de l'hôtel...

Il s'apprête à la remettre dans sa poche, quand un détail attire son œil.

– Tiens, je ne l'avais pas vu, ça.

Il relit :

– Le minibar est à mes frais.

Il confirme en nous lisant à voix haute :

– « Le minibar est à la charge du lauréat. »

Il reste un certain temps les yeux rivés sur cette phrase.

– Ah ! il n'est pas à mes *frais*, il est à ma *charge*. « Le minibar est à la *charge* du… »

Le mot lui donne à réfléchir.

– À ma charge…

Il range rêveusement les papiers dans son smoking.

– Les mots…

Il regarde à ses pieds, à hauteur de minibar, avec une certaine tendresse.

– Bien sûr…

Il s'accroupit lentement. Ses mains semblent se poser sur les épaules d'un enfant qu'il regarderait dans les yeux. Puis, de la main droite, il ouvre une porte fictive.

Aussitôt son buste et son visage sont nimbés d'une lueur pâle.

Il murmure :

– C'est une lumière *intérieure.*

Il contemple gravement cette intériorité, puis il referme la porte. La lumière s'éteint. Il reste accroupi quelques secondes. Il se relève tout en gardant les yeux posés sur le minibar.

Puis il dit, le plus sérieusement du monde :

– Les minibars sont des enfants.

Comme certains d'entre nous semblent en douter, il demande :

– Vous ne me croyez pas ?

Un temps.

– Vous ne pensez pas que les minibars sont des enfants ?

Il ordonne :

– Fermez les yeux.

Il insiste. Il est très sérieux.

– Fermez les yeux, je vous en prie… Et maintenant, imaginez-vous dans cette chambre, à ma place… C'est une soirée d'hiver... Enfin, pas nécessairement, il n'y a pas de saisons dans ce genre d'hôtels... Gardez les yeux fermés, je vous en prie, imaginez...

Il attend que nous *imaginions.*

– Vous dans cette chambre... Vous vous apprêtez à venir retrouver vos... « admirateurs »... Un dernier coup d'œil dans la glace... Vous rectifiez votre nœud papillon... Vous ébauchez le geste de votre gag unique... Ça va, il est au point, vous en êtes à votre douzième ville. Avant de quitter la chambre...

Presque suppliant :

– Non, non, gardez les yeux fermés, je vous en prie, imaginez cette chambre d'hôtel, imaginez-la *vraiment*... Avant de quitter la chambre, vous vous accroupissez devant le minibar... vous ouvrez sa petite porte...

Lui ne bouge pas, il reste debout, mais le voilà de nouveau nimbé par la lueur du minibar. Il parle sur un ton lentement hypnotique.

– Vous vous servez un… discret encouragement… que vous avalez vite fait, dans le halo de cette lumière intérieure… Puis vous vous redressez, vous posez la mignonnette vide sur le minibar que vous refermez.

De fait, la « lumière intérieure » disparaît.

– Et vous ouvrez la porte de la chambre.

Il répète, toujours sur ce ton d'hypnose :

– Vous éteignez la lumière. Vous sortez dans le couloir et vous laissez la porte se refermer derrière vous…

Presque suppliant :

– Non, gardez les yeux fermés, s'il vous plaît, et maintenant, concentrez-vous sur le minibar que vous avez abandonné dans cette chambre d'hôtel... Il est *seul* à présent... tout seul dans la pénombre... immobile dans ce silence de moquette... jusqu'à votre retour... cette petite bouteille vide sur la tête...

Un temps. Il regarde le minibar à ses pieds, et dit, très pénétré, avec une réelle inquiétude d'adulte :

– Tous les enfants sont fils et filles de Guillaume Tell ; ils ont tous une pomme en équilibre sur la tête...

Il ajoute :

– Et ils ne sont pas à nos frais. Ils sont à notre charge.

Il se tait.

Il est profondément ému.

Son silence est comme prolongé par le nôtre.

Puis, il revient à lui.

Il regarde sa montre.

Il hoche la tête, et lève les yeux au ciel. Léger sourire.

– Faire passer des minibars pour des enfants, je vous demande un peu…

Baissant le ton :

– Sans compter que c'est de la création, ça !

Coup d'œil craintif au jury.

– Et je n'y ai plus droit !

Développement :

– Ils viennent de me primer pour *l'ensemble* de mon œuvre ! Finie, la création. Mon œuvre est derrière moi. Définitivement. C'est la signification *seconde* du prix qu'ils viennent de me décerner. En ce qui me concerne, c'est la première. Plus le droit de créer. Place aux jeunes, en quelque sorte…

Inquiet :

– Y a-t-il dans la salle un jeune qui… ?

6

Sans attendre la réponse, il récapitule :

– Résumons-nous. Privé de gag, interdit de création et…

Il regarde sa montre.

– Encore vingt minutes à passer ensemble.

Froncement de sourcils.

– À quoi puis-je employer cette éternité sans que la salle se vide ?

Parenthèse :

– Ce qui entraînerait la rupture du contrat et la restitution de la somme forfaitaire attribuée au lauréat.

Il confirme en tapotant la poche de son smoking :

– C'est écrit, là, en toutes lettres. Petites, mais toutes. Et dans ce style contractuel parfaitement déprimant. Alors, je vous en prie, aidez-moi, essayons de trouver une solution…

Très gêné ; comme s'il voulait nous épargner une corvée :

– On ne va quand même pas parler de mon œuvre, vous la connaissez aussi bien que moi !

Il réfléchit.

– Non…

Il réfléchit encore.

– Ce qu'il faudrait…

Il hasarde un sourire.

– Oui…

Il se convainc lui-même.

– Oui, peut-être, oui…

Il est convaincu.

– Mais bien sûr, c'est ça !

Au comble de l'enthousiasme.

– Ce qu'il faut, c'est profiter de la circonstance pour renouveler les lois du genre ! Vous et moi, tous ensemble !

Précision :

– Le genre du *remerciement*… Vivifier un peu ce… En faire un moment de sincérité. Tailler le compliment dans la même étoffe que la vie, nous tous, ici et maintenant.

Au jury, avec humeur :

– Vous ne pourrez pas nous reprocher de faire dans la création, là !

À nous, toujours désignant le jury :

– Non, là, nous serons dans l'ordre de la réflexion pure où, évidemment, ils ne nous attendent pas.

Un temps.

– Et plus aucun besoin de gag ! Il s'agit de raisonner *juste* sur la base d'une *réalité* on ne peut plus *objective* : le *remerciement* comme *genre,* dans le but d'y apporter une amélioration substantielle, sa ration d'authenticité !

Il semble tenir notre accord pour acquis.

Regonflé.

– La première tentation, évidemment, c'est d'inverser carrément la tendance : faire du remerciement, genre jusqu'à présent centrifuge, un genre désormais centripète. Ou, si vous préférez, placer la périphérie au centre et rejeter ce ramassis de…

Il désigne le jury d'un geste vague :

– Ce pseudo-centre, très loin au-delà du dernier cercle, quelque part dans le… néant. C'est la première tentation, oui : ramener enfin au cœur de notre gratitude ceux qui doivent être remerciés en priorité, pour la simple raison que nous leur devons tout. Le premier cercle, le vrai ! La famille, les Nôtres, en un mot.

On sent qu'il a mis une majuscule à « nôtres ».

D'ailleurs, il répète :

– Les Nôtres !

Il s'approuve :

– Oui.

Un temps. Il y réfléchit très sérieusement.

– Ouais…

Froncement de sourcils.

– Il y a un hic.

Un temps.

– Ça a déjà été fait.

Il confirme :

– Oui, j'ai vu ça deux ou trois fois. Des lauréats et des lauréates remercier leur père, leur mère, leur nounou, élargir parfois : frères, sœurs, femme, mari, remonter jusqu'à un aïeul…

Circonspect :

– Comment vous dire ce que j'ai ressenti ?

Il cherche à voix haute comment nous le dire :

– Pas seulement le sentiment d'une certaine indécence… d'un défaut manifeste de pudeur… d'une violation publique de leur intimité… d'un désir infantile de ne pas passer pour ingrat, non, autre chose… Comme l'intrusion d'un… d'un *doute* dans cette démonstration d'affection… Une paille dans l'acier de la gratitude… Oh ! presque rien, un bémol à peine perceptible… Mais qui nous fait une curieuse impression.

Il imite un lauréat :

– « Je tiens à dédier ce prix à mes parents, malgré… »

Se reprenant très vite :

– « Non, malgré rien, merci de tout mon cœur, je… »

Geste de fatalité.

– Mais c'est trop tard, le lauréat vient d'entrebâiller la porte de l'armoire familiale ; le fameux parfum du *non-dit* a aussitôt envahi tout le volume disponible… Chacun de nous l'a reconnu, et les thérapeutes présents dans la salle préparent déjà leur carte de visite…

Navré :

– Non, en famille, le remerciement c'est parfait pour les épices. « Passe-moi le sel… merci. » « Un sucre ? » « Merci. » Pour les portes, aussi, comme dans le métro : « Merci. » Et pour les cadeaux de Noël, bien sûr : « Oh ! un beurrier électrique, c'est exactement ce dont j'avais envie, merci ! »

On dirait qu'il découvre avec nous ce qu'il est en train de nous dire. Il en est stupéfait lui-même :

– C'est vrai, il faut attendre de dépiauter les cadeaux de Noël pour mesurer à quel point nos plus proches nous ont perdu de vue ! À l'heure du choix, dans les magasins, nous ne leur rappelons personne. Pas la moindre idée de nos goûts, aucun soupçon de nos envies, ni le plus petit souci de nos besoins réels… Ce n'est même pas comme si nous étions quelqu'un d'autre, c'est comme si nous étions n'importe quel autre. Quelquefois, d'ailleurs, ils se trompent, ils glissent notre cadeau dans la chaussure d'un beau-frère ; personne ne s'en aperçoit…

Un temps.

– Petits, c'était différent, le Père Noël nous reconnaissait à notre signature ! On mesurait son affection au respect de la commande, c'était « mon » cadeau « à moi » ! Mais, les années passant, la maturité venue, ça devient des cadeaux… d'entreprise. À chaque Noël, on a l'impression de quitter la boîte, ou de partir à la retraite. Alors forcément, à cadeau d'entreprise remerciement d'entreprise : « Oh ! un pistolet à confiture, c'est exactement ce dont j'avais envie, merci, chers collègues, vraiment, merci. »

Attendri, soudain :

– Des enfants à la retraite… et toujours cette pomme en équilibre sur la tête…

Changement de cap :

– Et puis, il est inutile de remercier la famille. Votre prix leur fait un plaisir fou. Jusqu'à ce qu'on vous le remette ils se demandaient ce que vous fichiez *exactement* dans la vie. C'était même une question que les plus délicats évitaient de vous poser. Les autres, bien sûr : « Alors, tu peins toujours ? Tu écris encore ? Ça paye, ta musique ? Eh ! Bergman, tes petits scénars, pour la télé, ça roule ? »

Un temps.

– Maintenant, ils savent : ils ont produit un génie ! Enfin, *du* génie… Votre mère, votre mari, votre femme, vos cousins les plus éloignés… auréolés de votre gloire, tous !

Désabusé :

– Absolument impossible d'éviter l'épidémie d'auréoles…

Un temps.

– Même votre fils…

Se reprenant :

– Non, pas votre fils, votre fils souffre, il est en crise : il se rêvait fils de crétin, le voilà fils de lauréat, imaginez le marasme ! Il en chie un maximum, votre fils.

Il conclut, en faisant non de la tête :

– La famille placée au cœur du remerciement… tout compte fait… je le déconseillerai à celui qui me succédera…

Une évidence subite :

– Mais non, que je suis bête ! Vous le préviendrez, vous, l'année prochaine ! Des petits signes discrets…

Il fait des « petits signes discrets » à quelqu'un qui se trouverait sur une scène ; il parle muettement, et sur ses lèvres on peut lire : « Pas la famille ! Pas la famille ! »…

Il se tait.

Il réfléchit.

– Alors qui ?…

Il se creuse la tête.

– … Les amis ?

Il se détend. Il sourit.

– Peut-être…

Ému :

– La famille élective… Ceux que nous avons choisis nous-mêmes, au fil des ans, un par un, en toute conscience, les meilleures bouteilles, qui nous ont connus quand nous n'étions… pas grand-chose… qui nous ont soutenus dans la débine et se réjouissent de nos succès parce qu'ils nous ont toujours admis pour ce que nous sommes, ni plus ni moins…

Un temps.

– Les intimes…

Il s'approuve avec chaleur :

– Placer les meilleurs amis au cœur du remerciement… Évidemment, c'est la moindre des choses !

Il sourit aux anges.

– Oui…

Ravi :

– Oui… oui… oui…

Puis :

– Non…

Il revient à regret sur son enthousiasme :

– Non, non…

Définitivement :

– Non.

À nous, comme si nous avions participé à sa réflexion :

– Non, ce n'est pas le même problème que la famille, c'est autre chose…

Il fronce les sourcils.

– J'ai assisté à ça aussi, le remerciement aux amis…

Il cherche le souvenir le plus exact possible.

– Le lauréat part bille en tête, très sûr de son affection, très à l'aise dans la reconnaissance, il est au cœur de la cible, pas de problème, ce sont ses meilleurs amis, aucun doute : « Je tiens d'abord à remercier… » il cite deux ou trois noms qui sonnent juste… et puis… une première hésitation…

Précision :

– Non, pas du tout la même hésitation

que pour la famille, un autre genre… Ah ! comment vous dire… ?

Pour mieux se faire comprendre, il descend parmi nous et désigne un candidat fictif qui serait à sa place, sur la scène.

– Bon, il y a moi, assis dans mon fauteuil, ici dans la salle, parmi d'autres vous, et le lauréat, un autre moi, là-haut, seul sur la scène, occupé à remercier ses meilleurs amis. Et moi, peu à peu, j'ai l'impression que le lauréat obéit moins à un sentiment de gratitude réelle qu'à un souci d'exhaustivité illusoire. Regardez-le bien… Il est en train de se rendre compte qu'il s'est attaqué à une tâche impossible. C'est qu'ils sont nombreux, les meilleurs amis ! Ça ne se fait pas du jour au lendemain, *l'ensemble d'une œuvre*, alors forcément, les années se sont accumulées, et les meilleurs amis avec ! Et voilà qu'en égrenant les noms, le lauréat découvre que ce foutu remerciement, c'est l'heure du tri ! Il ne s'y attendait pas du tout. Le tri ! Le classement ! L'ordre hiérarchique ! Parce qu'en matière d'amitié, on a beau dire, il y a meilleur et meilleur…

Il remonte sur scène.

– À chaque personne que le lauréat remercie, on l'entend littéralement penser : « Bon Dieu, je suis en train d'oublier quelqu'un de très cher, de plus cher, peut-être, mais qui ? »… Et dès qu'il remercie chaleureusement la personne dont il vient de se souvenir in extremis, on voit se peindre sur son visage la terreur d'un nouvel oubli…

Il se désigne, assis dans la salle.

– Et moi, dans mon fauteuil, je me dis : Si j'avais su j'aurais apporté mon thermos…

Résigné :

– Eh oui, c'est long la gratitude, et c'est comme la charité : il ne faut oublier personne. Or on oublie toujours quelqu'un. Il y en a toujours un qui passe au travers. Et vous pouvez être tranquille, ce sera celui-là – serait-il le seul sur un million ! – qui vous reprochera de ne pas l'avoir remercié.

Il confirme :

– Les autres estimeront que votre reconnaissance va de soi, affaire d'amitié, mais lui, lui, l'oublié, il se chargera de faire votre publicité !

Il regarde sa montre, mais ne dit rien.

– Non, remercier les intimes… trop délicat… susceptibilités inflammables !

Regard méprisant au jury.

– Ce n'est tout de même pas une raison pour remercier n'importe qui !

Et, nous désignant tous, sincèrement désolé :

– D'un autre côté on ne peut pas non plus remercier tout le monde…

7

Il grogne :

– Renouveler le genre… c'est tout moi, ça ! Sous prétexte qu'on me prime pour l'ensemble de mon œuvre, voilà que je me mets en tête de bouleverser les règles d'un genre… que dis-je d'un genre, d'une *Institution* planétaire ! L'humanité entière se congratule et se remercie sous l'œil de toutes les caméras, et moi, je débarque, un beau soir, comme une fleur, avec la prétention de renouveler le…

À nous, gentiment ironique :

– Merci pour votre aide, soit dit en passant.

Un temps.

– Merci beaucoup.

Long silence.
Quelque chose le travaille.

– « Merci beaucoup »…

Une lueur dans l'œil.

– Vous avez observé qu'on remercie toujours *beaucoup,* jamais *peu* : « Merci beaucoup », oui. « Merci un peu », non. « Merci bien », oui, « Merci moins », non. Ne se dit pas. En amour, en revanche, on peut aimer peu, aimer moins, voire beaucoup moins, et le dire : « Je t'aime beaucoup moins », à part l'intéressé(e) ça ne choque personne. Mais « remercier moins », ce n'est pas envisageable. On remercie toujours plus. Le problème avec la gratitude c'est qu'elle est vouée à l'inflation. Contrairement à l'amour qui, lui, aurait plutôt tendance à…

Geste d'amenuisement.

– En sorte qu'il nous faut remercier de plus en plus des gens qu'on aime de moins en moins…

Moue sceptique.

– Notez qu'on ne peut pas non plus dire « merci » à une personne qui nous fait don de son amour. Ce ne serait pas… Essayez, pour voir : « Je t'aime. » « Merci beaucoup ! » La réponse n'est pas satisfaisante.

Il laisse s'évaporer les petits rires.
Puis, très sérieux :

– Elle devrait l'être, pourtant…

Tout à coup il s'adresse à quelqu'un d'invisible.

Quelqu'un qui viendrait de parler à l'intérieur de lui-même.

Quelqu'un à qui il répond avec une tendresse et une gratitude infinies :

– Tu m'aimes ? Vraiment, tu m'aimes ? Oh ! merci beaucoup... Mon nom va enfin signifier quelque chose...

Un long moment d'émotion.

Il répète, profondément :

– Merci...

Il ajoute :

– Beaucoup.

Sur quoi, il atterrit et chasse cette idée de la main.

– Mais non, ça ne se fait pas. Merci à

tout et à n'importe quoi mais pas à l'amour…

Il s'énerve :

– Cette perpétuelle obligation à la gratitude, pourtant… C'est que ça commence très tôt ! Et ça part dans tous les sens : Qu'est-ce qu'on dit ? Merci ! Merci qui, merci mon chien ? Non, merci m'man ! Dis merci à tata, aussi… Merci tata, merci tonton, merci m'sieur !

Il s'emballe :

– Merci mon pote ! Chère Madame, merci infiniment… Veuillez agréer, Monsieur le doyen, l'expression de ma reconnaissance la plus… Merci, tout l'monde !

Un téléphone fictif à l'oreille :

– Ouais, merci, ouais, c'est ça, ouais,

merci, ouais, quoi ? Non, merci, non, quoi ? Merci, non, vraiment, mer…

Il raccroche.

– Trois cents grammes bien pesés, je vous le dégraisse ? Merci, oui. Non, c'est moi, merci pour votre confiance… Merci d'avoir sélectionné mon appel mais je tiens d'abord à vous remercier pour la qualité de vos émissions… Signez ici, merci, et ici juste votre paraphe, merci… Voiaaaaalà, merci… Après en avoir délibéré, la cour vous condamne à quinze ans de prison ferme. Merci !

Il rêvasse quelques secondes, puis, comme s'il avait oublié le plus important, il se penche vers nous, confidentiel :

– À propos, merci de laisser ces lieux aussi propres que vous souhaitez les trouver en…

A-t-il entendu une réflexion, un petit rire ?

– Non, je ne m'amuse pas ! J'en ai l'air mais… Je me penche sur le *mot*, figurez-vous ! « Merci. » Le mot clef. Je réfléchis ! Quand on a la prétention de chambouler le genre du… c'est la moindre des…

Il désigne le jury, et, baissant la voix :

– Vous n'avez pas l'air de vous rendre compte que je suis à leur merci !

Regard traqué.

– Ils m'écoutent, ils me jaugent… Ils peuvent me remercier comme un malpropre, d'une seconde à l'autre… C'est écrit, là !

Il tapote sa poche.
Un temps.
Toujours parlant du jury :

– Je les connais, va : ils sont sans merci ! Ils sont fichus de me laisser m'épuiser sur cette scène jusqu'à ce que je crie merci…

Il nous regarde, avec un air de soulagement qui semble dire : Je vois que vous m'avez compris !

– Eh oui, tout est là : que peut-on attendre d'un mot aussi ambigu ? D'un verbe qui exprime un sentiment et son exact contraire ?

Il nous tend la main comme pour serrer la nôtre :

– Je vous remercie…

Puis nous congédiant d'un revers :

– … vous êtes remercié !

Contrarié :

– Du coup, très… suspect… le *genre* du remerciement… Pas commode à renouveler…

Il nous désigne avec un demi-sourire :

– Surtout avec une pareille équipe !

Mezza voce :

– Sur ce point, je ne vous remercie pas.

Il fronce les sourcils.
Surprise.
Illumination, même.

– Vous avez entendu ? Vous avez entendu ce que je viens de dire ?

Il attend qu'on se souvienne.

– « Je ne vous remercie pas »...

Tout heureux de sa trouvaille :

– À la forme négative, le verbe remercier perd toute son ambiguïté ! Jusqu'à preuve du contraire, « je ne vous remercie pas », ça veut dire : « Je ne vous remercie pas. » À quelqu'un qu'on ne renvoie pas, on ne lui dit pas : « Je ne vous remercie pas », on lui dit : « Je vous garde. » Non, non, réfléchissez-y bien : « Je ne vous remercie pas » veut *juste* dire je ne vous remercie pas. Aucune erreur d'interprétation possible.

Pensif :

– Il y a peut-être une piste, là...

Il cogite :

– Si on plaçait au cœur du remerciement une personne qu'on ne remercierait pas… Le genre gagnerait peut-être en clarté… et à coup sûr en sincérité !

Gourmand :

– Voyons… voyons un peu… Qui est-ce que je ne remercierais pour rien au monde ?

Son regard semble chercher quelqu'un parmi nous.

– Pour commencer, éliminons le plus gros : je ne remercie aucun ministre !

Il lève une main conciliante.

– Non, je n'ai rien contre les ministres… Mais il s'agit de renouveler un genre basé sur la tautologie. On ne va donc pas remercier des gens qui se félicitent eux-mêmes ! Ça ne renouvellerait rien du tout !

Un temps.
Réfléchissant à voix haute :

– Ceux qu'on ne remercie pas… Ce n'est pas comme avec les amis ; on ne peut pas espérer être exhaustif ici, il y en a beaucoup trop.

Lucide :

– La sagesse serait de n'en trouver qu'un. Un seul. Un qui serait absolument indigne de nos remerciements. Un indigne… idéal ! Qui incarnerait tous les autres… Celui qu'on ne remercierait même pas sous la torture ! Voyons…

Il cherche.
Il cherche.
Il est sur le point de trouver.
Il trouve.
Oui, il a trouvé !

Son visage s’empourpre.
Il s’écrie :

8

– Monsieur BLAMARD, je ne vous remercie pas !

Conscient de la surprise créée par le surgissement de ce nom propre, il tient à faire une déclaration liminaire :

– Monsieur le ministre, Monsieur le Président perpétuel, Mesdames et Messieurs du jury, Monsieur le banquier, mesdames, mesdemoiselles, messieurs, chers amis, vous m'en êtes témoins, jusqu'à présent j'ai respecté le plus strict devoir de réserve. Si j'ai pu être vif, je n'ai jamais été offensant. Si j'ai pu paraître critique, ce ne fut contre personne en particulier. Je n'ai pas brocardé mes concurrents, je n'ai cité nommément aucun membre de ma famille, j'ai épargné mes pires amis, et si certains noms connus vous sont néanmoins venus à l'esprit en m'écoutant, il ne faut vous en prendre qu'à votre propre malveillance.

Un temps. Brusque fureur :

– Mais avec Blamard, c'est autre chose. Monsieur Blamard, je ne vais pas vous remercier !

Il fait un gros effort pour se dominer. Sa voix devient grave, évocatrice.

– Mes origines… Cholonge-sur-Soulte… En ces temps où les hannetons existaient encore dans les cours de récréation… Où les hivers étaient des hivers… Où la Soulte gelait au point que les goujons et les perches restaient saisis des glaces… On les voyait, par transparence, attendre le printemps, pendant que nous patinions sur leur ciel… Cholonge-sur-Soulte… Il y a très longtemps de cela… Je n'étais alors qu'un minibar abandonné sur les bancs de l'école communale… J'avais si froid, dedans… Ces hivers-là, l'encre gelait dans nos encriers de porcelaine… Violette et gelée au petit matin, oui… Et gourds, nos doigts, malgré nos mitaines, ô combien !… Et bleues, nos jambes, lorsque M. Blamard rectifiait notre alignement sous l'exact vent coulis du préau… Parce qu'il ne suffisait pas d'être né à Cholonge-sur-Soulte, ni d'y grandir si lentement, dans la vaine attente que quelque chose s'y passe, dans le vain espoir d'y rencontrer quelqu'un qui ne fût pas de Cholonge-sur-Soulte, non, il ne suffisait pas d'être natif de Cholonge-sur-Soulte et voué à un monde où personne ne serait de Cholonge-sur-Soulte, il fallait aussi y être enseigné par M. Blamard !

Long silence.
Souvenirs pénibles...

– M. Blamard pratiquait une pédagogie qui avait à voir avec le remerciement, comme genre. Une pédagogie... centrifuge... au sens ondulatoire du terme. En ces matins où la glace nous séparait de l'écriture, M. Blamard confiait à son meilleur élève l'honneur d'allumer le poêle de notre classe. Puis, il nous rangeait, par cercles de mérite décroissant, de plus en plus loin de la chaleur.

Un temps.

– Combien y avait-il de cercles dans l'infinie réprobation de M. Blamard ? Et combien de pommes, dans sa poche ? Je l'ignore... Je sais seulement que j'ai passé toute mon enfance, la pomme de son mépris posée sur la tête, à dériver sur un morceau de banquise que ne réchauffait aucun rayon de soleil, jamais... Mon

Dieu, cet abandon... J'étais si loin de tout... C'était comme si la classe n'avait pas eu de murs... Mais toujours sous l'œil de M. Blamard, pourtant, qui nous tenait en joue jusqu'aux confins les plus extrêmes de sa vigilante indifférence...

Parenthèse :

– Ils sont comme ça : ils se foutent absolument de vous mais ils ne vous lâchent pas des yeux...

Long frisson :

– Cet éclat de glace, dans l'œil de M. Blamard... Et savez-vous ? Le savez-vous, le plus terrible ? Non ce n'était pas la solitude du minibar refermé sur sa lumière intime... Ce n'était pas le dédain glacial de M. Blamard, non plus... C'était tout le contraire... c'était cette peur de chaque instant... peur que la pomme ne tombe de ma tête et n'aille rouler tout là-bas, jusqu'aux pieds de M. Blamard, pour lui rappeler mon existence infâme… Oh ! cette peur !

Il se fige.

– J'en ai gardé… comme une raideur… vous n'avez pas remarqué ?

Tout à coup, oui, il nous semble un peu raide… la nuque, peut-être.

– Personne n'a eu une enfance plus immobile que la mienne…

Un temps.

– Plus hermétiquement refermée sur sa propre lumière…

Un temps.

– Personne n'a aspiré si précocement, si résolument, à se faire oublier.

Silence.
Il chuchote :

– Oubliez-moi, monsieur Blamard… oubliez… je n'y suis pas…

Silence.
Il ouvre les bras.

– Total, me voilà devant vous… sous les « projecteurs de la gloire », comme on dit… la même pomme sur…

Il désigne le sommet de son crâne.

– Et cette peur au ventre… très ancienne pétoche… que je combats depuis…

Il regarde sa montre.

– Une heure et quart, bientôt… Peur que la pomme ne tombe à mes pieds et n'aille rouler jusqu'à…

Geste, vers les travées de la salle, comme si la pomme risquait de rouler vers un M. Blamard qui serait assis parmi nous…

Il semble réellement terrorisé par cette perspective.

Un long temps.

Ce qu'il lit sur nos visages le détend un peu.

Il esquisse un sourire.

– Oh, je sais… je vous entends… gentiment consolateurs : « Mais non, ce n'est pas une pomme sur ta tête… Ce n'est *plus* une pomme… La pomme de M. Blamard a pris racine… c'est un pommier à présent… Une splendeur d'arbre !… Lourdes ramures, ployant sous le faix de ton œuvre… ton œuvre présente et à venir, quoi qu'en disent ceux qui prétendent la réduire à un "ensemble"… Tes branches continuent de pousser et l'arbre de produire… si, si, écoute… on entend mûrir tes nouveaux fruits… »

Il tend l'oreille.

– Vous croyez ?

Il écoute. Malgré toute sa bonne volonté, il n'entend pas grand-chose. S'il écoute encore un peu, c'est pour ne pas nous faire de peine.

– Et puis, il y a ceux qui commencent à se dire : « Mais, tout compte fait, somme toute, si on y réfléchit bien, l'un dans l'autre et tout bien pesé, sans ce traumatisme originel, tu ne l'aurais sans doute jamais créée ton œuvre ! Sans la dérive du minibar sur l'infini de ta banquise enfantine, rien n'aurait été conçu de cette œuvre qui nous a tant... »

Il gonfle un thorax heureux.

– « Tout en nous... »

Il se prend ardemment le front entre les doigts de la réflexion.

– « Sans M. Blamard nous serions toujours aussi... »

Ses mains font deux œillères qui bornent son regard.

– « En sorte que toi comme nous lui devons une fière chandelle à l'ami Blamard ! C'est grâce à lui que nous sommes les témoins privilégiés de ton couronnement ! »

Résigné :

– Encore un peu de patience et j'entendrai les premières voix me suggérer de remercier M. Blamard : « C'est Blamard, que tu dois remercier... », « Sans cette blessure d'enfance infligée par M. Blamard tu n'aurais jamais... », « Mais oui, s'il n'y en a qu'un à remercier, un seul au monde, c'est M. Bla… »

Il coupe court en hurlant :

– JAMAIS !

Menaçant :

– Vous m'entendez ? Jamais ! « Merci Blamard ? » Jamais !

Il répète :

– Jamais.

Complètement désemparé :

– Mais bon Dieu, se peut-il qu'il n'y ait vraiment personne à remercier ? Personne d'autre qu'un bourreau d'enfants ? Vraiment ?

Au comble du désespoir :

– On ne peut tout de même pas concevoir un monde où jamais personne ne remercierait personne ! Sauf pour les portes ! Un monde où on ne ferait que des cadeaux d'entreprise, où le merci ne se concevrait que mis en scène ! Et ne serait retransmis que dans les « conditions du direct » !... Un monde si pareil au nôtre, ce n'est quand même pas imaginable !

Une question :

– D'où me viendrait alors cette gratitude qui m'a poussé jusqu'à vous ?

La lumière baisse. La nuit tombe autour de lui, elle va l'engloutir. On dirait qu'il continue de parler pour conjurer cet effacement.

– Parce que ce n'est pas leur prix qui m'a attiré jusqu'ici, ni le chèque...

Une légère concession :

– Bon, si, admettons, mais là n'est pas l'essentiel. Je suis venu pour… je suis venu à la recherche de… *quelqu'un…* c'est quelqu'un qui m'a attiré ici, la promesse d'une rencontre qui m'a fait grimper sur cette…

Il désigne la scène, et à le voir scruter la salle comme un océan, on le croirait sur une île déserte guettant désespérément l'arrivée d'un bateau. La lumière continue de baisser. Le noir gagne. Ses pieds, ses jambes, son torse disparaissent peu à peu. Il parle comme on appelle à l'aide.

– Quelqu'un que je voudrais remercier… de tout mon cœur… mais je ne trouve pas les mots, tellement je lui suis reconnaissant… quelqu'un que vous connaissez très bien…

Tout a disparu maintenant.
On ne voit plus que son visage.

– Rappelez-vous ! Faites un effort, bon Dieu ! Quand vous étiez dans cette chambre vide, tout à l'heure, cette chambre d'hôtel… et que vos yeux se sont posés sur ce minibar tellement abandonné dans la pénombre, si désespérément clos sur sa lumière intérieure, et que, saisi de je ne sais quelle communion de solitude, vous vous êtes penché sur lui, vous vous souvenez ? Vous vouliez vous servir un…

Son visage n'est plus qu'une vague lueur dans la nuit. Sa bouche semble supplier à la surface de l'obscurité :

– Vous souvenez-vous ? Votre main s'est posée sur la poignée de la porte, et vous l'avez ouverte…

Et là, miracle : le voilà nimbé de la lumière du mini-bar !

Cette lumière ne va cesser d'augmenter, jusqu'à la fin.

Elle n'éclaire rien d'autre que lui.

Autour de lui, l'obscurité semble encore s'épaissir.

Il en devient éblouissant.

On le jurerait en suspension dans la nuit.

Il sourit aux anges.

– Vous avez ouvert cette porte... Ou plutôt, non, quelqu'un en vous a ouvert cette porte... quelqu'un en vous a libéré cette lumière ! Enfin ! Enfin ! Vous vous souvenez ? Ça y est ? Vous y êtes ? Eh bien, c'est celui-là, ce quelqu'un-là que je veux remercier ! Cette quelqu'une ! C'est elle, c'est lui qui m'ont attiré ici ! Les libérateurs de lumière ! Il fallait que je les rencontre, ceux-là ! Ne serait-ce qu'une fois dans ma vie ! oh ! Merci à vous ! Merci à eux, chaque fois qu'ils vous ont fait ouvrir ma porte ! Sans vous, sans eux, sans eux en vous je... Oh ! bon Dieu, merci !... Merci, merci, vraiment..., Merci !

Ma parole, on dirait que tous les projecteurs des cieux se concentrent sur lui ! Il finit par ressembler à une statue extraordinairement brillante, quelque chose comme un trophée en or massif que quelqu'un brandirait dans la nuit ...

– Merci !

Et le rideau se referme sur cette image pendant qu'il hurle :

– Merci ! Merci !

Nous commençons à applaudir.

Quand le rideau se rouvre pour le premier rappel, on le voit de dos, comme au début, face à une autre salle d'où montent des applaudissements dont nous nous demandons s'ils sont les nôtres.

Ombre chinoise découpée dans la poudre d'or des projecteurs, il subit ces applaudissements sans broncher, jusqu'à ce que le noir se fasse.

Lumière : il est face à nous maintenant, une main sur le cœur, l'autre levée, parfaitement immobile.

Et, de plus en plus vite :

Noir, lumière : lui de dos, ombre chinoise.

Noir, lumière : lui de face, statue radieuse.

Lui de dos, lui de face,

Lui de dos, lui de face, etc.

Jusqu'à ce qu'un appariteur surgisse sur le plateau et l'emporte sous son bras, car ce n'était plus lui depuis un certain temps, mais bel et bien un trophée grandeur nature, un trophée qu'on retire de la scène une fois le spectacle achevé, et dont on se débarrasse en coulisse.

Rideau.

Voilà

Nous sortons du théâtre.

Œuvres de Daniel Pennac (suite)

Hors série Littérature

KAMO : Kamo, l'idée du siècle – Kamo et moi – Kamo, l'agence Babel – L'évasion de Kamo. *Illustrations de Jean-Philippe Chabot.*

Dans la collection Écoutez Lire

KAMO L'IDÉE DU SIÈCLE et KAMO L'AGENCE BABEL. Lus par Daniel Pennac. *Illustrations de Jean-Philippe Chabot.*

Dans la collection Gaffobobo

BON BAIN LES BAMBINS. *Illustrations de Ciccolini.*

LE CROCODILE À ROULETTES. *Illustrations de Ciccolini.*

LE SERPENT ÉLECTRIQUE. *Illustrations de Ciccolini.*

Dans la collection « À voix haute » (CD audio)

BARTLEBY LE SCRIBE de Herman Melville dans la traduction de Pierre Leyris.

Aux Édition Hoëbeke

LES GRANDES VACANCES, en collaboration avec Robert Doisneau.

LA VIE DE FAMILLE, en collaboration avec Robert Doisneau.

Aux Éditions Nathan et *Pocket Jeunesse*

CABOT-CABOCHE.

L'ŒIL DU LOUP.

Aux Éditions Centurion-Jeunesse

LE GRAND REX.

Aux Éditions Grasset

PÈRE NOËL : *biographie romancée,* en collaboration avec Tudor Eliad.

LES ENFANTS DE YALTA, *roman*, en collaboration avec Tudor Eliad.

Chez d'autres éditeurs

LE TOUR DU CIEL, *Calmann-Lévy* et *Réunion des Musées Nationaux.*

QU'EST-CE QUE TU ATTENDS, MARIE ? *Calmann-Lévy* et *Réunion des Musées Nationaux.*

LE SERVICE MILITAIRE AU SERVICE DE QUI ?, *Seuil.*

VERCORS D'EN HAUT : LA RÉSERVE NATURELLE DES HAUTS-PLATEAUX, *Milan.*

RICHARD TEXIER, *Flammarion.*

Achevé d'imprimer
sur Roto-Page
par l'Imprimerie Floch
à Mayenne, le 19 novembre 2004.
Dépôt légal : novembre 2004.
1er dépôt légal : septembre 2004.
Numéro d'imprimeur : 61610.
ISBN : 2-07-077239-X / Imprimé en France.

134281